COMO SUBIR EM ÁRVORES

TIAGO DE MELO ANDRADE

Ilustrações
CAROLINA MONTERRUBIO

Editora do Brasil

© Editora do Brasil S.A., 2020
Todos os direitos reservados
Texto © Tiago de Melo Andrade
Ilustrações © Carolina Monterrubio

Direção-geral: Vicente Tortamano Avanso

Direção editorial: Felipe Ramos Poletti
Supervisão editorial: Gilsandro Vieira Sales
Edição: Paulo Fuzinelli
Assistência editorial: Aline Sá Martins
Auxílio editorial: Marcela Muniz
Supervisão de arte: Andrea Melo
Design gráfico: Obá Editorial/Lilian Og
Capa: Rafael Nobre
Supervisão de revisão: Dora Helena Feres
Revisão: Flávia Gonçalves e Andréia Andrade

Dados Internacionais de Catalogação na Publicação (CIP)
(Câmara Brasileira do Livro, SP, Brasil)

Andrade, Tiago de Melo

Como subir em árvores / Tiago de Melo Andrade ; [ilustrações Carolina Monterrubio]. -- São Paulo : Editora do Brasil, 2020. -- (Farol)

ISBN 978-85-10-08223-5

1. Ficção – Literatura infantojuvenil
I. Monterrubio, Carolina. II. Título. III. Série.

20-35485   CDD-028.5

Índice para catálogo sistemático:

1. Ficção : Literatura infantojuvenil   028.5
2. Ficção : Literatura juvenil   028.5

Cibele Maria Dias – Bibliotecária – CRB-8/9427

1ª edição / 1ª impressão, 2020
Impresso na Melting Indústria Gráfica

Rua Conselheiro Nébias, 887
São Paulo, SP – CEP: 01203-001
Fone: +55 11 3226-0211
www.editoradobrasil.com.br

Sob a sola
dos sapatos

—

Quando menino, era explorador de sarjeta. Da escola para casa eu voltava a pé e tinha olho para achar encanto até nos matos que cresciam entre as pedras do passeio. Existe muita raça de plantinha valente que viceja, mesmo pisada todo santo dia. Suporta falta de água, sol a pino e bafo asfáltico.

Eu era um moleque esperto, andava me equilibrando na guia e tomava de conta para não pisar na risca. Além de anotar novas espécies da flora chã, durante as expedições, fiz grandes achados: uma moeda do tempo do império, com a cara do Dom Pedro II gravada; uma estranha pedra metálica furta-cor (ninguém soube explicar o que era, então joguei fora por medo de radiação, feito aquele acidente de Goiânia); um maço de dinheiro, muitos cruzeiros, que nada valiam, deram só para os suspiros coloridos; um ninho de passarinho desabado, com os ovinhos dentro; boneco perneta do Comandos em Ação; caixa de marimbondos, ainda com os moradores dentro; e o mais importante: um daqueles besouros enormes e chifrudos, quase do tamanho da minha mão. Seria adorável levar para casa, como amigo, meu Topo Gigio particular. Mas, quando tentei tocar, ergueu as patas em posição de ataque. Corri.

Saudade desse fascínio de criança: ver um piso de caquinho e sentir alegria. Tenho para mim que a gente é meio mato de sarjeta: nasce faceiro, de imaginação e sentimento viçoso. Mas vai levando pisão, dia após dia; não morre, mas endurece, crescendo sob as solas de sapatos. Tem remédio? Tem não! Choremos. Alento, tem algum. Eu fui buscar refresco nas palavras e, de vez em quando, viro breve mato novo.

Deus
—

Manhãzinha saí para dar uma voltinha despretensiosa e dei de cara com Deus. Ele estava indo comprar pão.

A casa
da esquina
—

Ontem, depois do almoço, fui resolver umas coisas na cidade. Fazia sol quente de deixar as gentes e os bichos entocados nos seus frescos. Não havia ninguém na rua e o ar não se movia. Tudo estava estático, como um filme em pausa emitindo luz intensa sobre mim.

Desci pela rua de paralelepípedos, das poucas que ainda restam, e passei pela Casa da Esquina. Quando cresceu meu primeiro bigode, não tinha os muros de hoje, e sim grade baixa, com o jardim e a construção de tijolinhos, amostrada, ocupando duas ruas, debruçada num altinho, sem vergonha de se exibir. Havia também as árvores, enormes sete copas em toda sua grandeza, contornando, seguindo a calçada.

Sempre que passava de carro, de bicicleta ou passeando com o cachorro, deixava cair um olhar de paixão e pensava: "Que casa maravilhosa! Até que não seria mal morar nela".

Mudaram os donos e decidiram cortar as árvores todas: a fábrica de folhas douradas e amêndoas, castelo de pássaros e morcegos, a câmara das cigarras, refúgio de raros insetos metálicos, o imenso afresco de galhos, folhas e nuvens, as esculturas de pau vivo. Tudo impiedosamente implodido.

A construção encolheu, perdeu sete andares, as portentosas colunas, a colossal abóbada de folhas. Restou a casa ordinária, que grita na memória de quem passa:

Aqui havia um palácio.

Depressão

—

Caminhando pela escuridão tento achar um ponto de luz. Ele existe, sabemos, porque outras vezes estivemos no escuro. Fiz da minha esperança uma compota açucarada, para durar mais e ir comendo aos poucos. Vai demorar voltar pra casa. Deixei a calda fervendo longas horas num tacho de cobre que foi da minha vó. Ela, que passou por tantas agruras e curava os males do mundo só com alho e chá de canela. Bruxa.

Enquanto ferviam minhas esperanças, fecharam umas tantas livrarias e abriram setenta vezes sete farmácias, se aprovou o registro de mais um tipo de veneno para as lavouras e passou diante de casa o triste cortejo de um jovem. Fazendo por hábito o sinal da cruz, minha compota caldeada guardei nos vidros de azeitona. Não passo fome nem sede durante a travessia. Sigo. Eu e a escuridão sabemos: vai passar.

Borboleta na cabeça

—

Hoje, saí na porta do quintal ao meio-dia e vi uma borboleta estatelada, tomando sol. Lembrei-me da Adélia, que disse: "borboleta pousada ou é Deus ou é nada!". A danada voou de onde estava e pousou bem na minha cabeça! A gente, nestes tempos estranhos, fica carente de sinais e, de pronto, tomei que Deus estava falando comigo, claro. Não te parece? Já recebeu sinais?

Com a borboleta na cabeça, fiquei me sentindo o próprio escolhido. Contudo, ela foi se demorando por uns segundos a mais do que se imagina; tempo suficiente para um ansioso já avaliar se, para não perder a sorte, poderia não espantá-la e fazer todas as coisas do dia com uma borboleta na cabeça: ir ao banco, médico, faculdade... Mas, voou, colorida na luz, me deixando lá, um bobo, sem saber o que fazer com o presente que me dera.

Eu e o Pai

—

Faz quase seis meses, o Pai morreu. Eu segurava sua mão. Igual, quando criança, ele me levava para passear no centro, de mãos dadas, e contava da cidade, da vida e ensinava como atravessar a rua sem morrer atropelado. Falava das maravilhas da sua vida de menino montado em cima dos cavalos, no tempo das coisas iluminadas pelo fogo, enquanto comíamos um pastel com guaraná, no mercado.

Pai, o jardim está feio e triste, com saudades. Faz como tem feito comigo e visita suas árvores em sonho. A gente que fazia planos para o futuro nem se deu conta que o futuro nos espreitava da esquina. O Pai não dirigia, ia caminhando, movido a café e cigarros. O Pai enfumaçando tudo, tecendo a nuvem que o levou embora. O Pai desdenhou do arauto da medicina. O Pai atirou uma bituca pelo furo do olho da caveira da morte.

Eu e o Pai andando pela casa planejando reformas que nunca fizemos: erguendo torres e domos, nosso castelo. O Pai jogando, a vida inteira, o mesmo número na loteria. Depois, deitados, planejando como se ia gastar. O Pai nunca desistiu de ter sonho impossível. O último era voltar pra casa. O Pai está em casa.

Va-ga-bun-do

Segunda-feira dando ordens, como sempre, atirando pepinos aos penitentes. Ah! Que vontade de ser vagabundo! Va-ga-bun--do, soletrado devagar, enquanto o pó recobre as coisas, a pia entope de louça e o mato prospera nas frestas. Ficar bem parado, sem fazer nada, ver a segunda morrer devagar.

Latifundiário

—

A fim de fazer estatística, me perguntaram quanto de terra eu tinha, ao que respondi:

– Meu avô teve uma terrinha onde plantava mandioca, lá no Piauí, mas eu tenho a terra que trago debaixo das unhas: o pó desse tempo estiado que nos cerca, o farelo dos meses seguidos de seca que invadiu o barraco, e eu limpo com esperança. Sob as minhas unhas, tenho a terra dos vasos plantados com ervas, na janela da cozinha, para botar no feijão e ter um pouco de sabor na vida. Sob minha unha, junto terra dos jardins das casas que eu cuido, para fazer bico. São as terras que tenho, são muitas.

Amores e pães

—

Tinha um gosto em ver você. Sabia que sempre, na hora do pão, ia passar caminhando em direção da padaria. Eu ia espiar da janela vossa sublime passagem, porque esse era o compromisso dos dias: te ver carregando pães frescos.

Foi indo e alguém lá em casa se apiedou e me deu dois cruzeiros, mandando ir comprar pão.

Imolação domingueira

—

Traga a bacia do sangue, pediu vó. Apetrecho para os cos- tumes. Era de alumínio, meio pequena, amassada de uso. Segui segurando o metal solene naquela que era a única função para gente miúda.

Sob o sol de domingo, o quintal era um mundo de paz com as galinhas ciscando, alienadas de seu destino. Vó, com seu cabelo de prata e a faca em punho, passava pelos pés de mexerica feito deusa do Olimpo, decidindo sobre a vida e a morte. Quando o olhar divino descaía sobre uma, era o fim. O animal, surpreendido pela fatalidade da mesma mão que lhe atirava milho, era tomado pelas asas e subjugado contra o chão, sob impiedosas sandálias de dedo, e, depois, num estralo, tinha o pescoço partido. Eu apertava a bacia contra o peito e era advertido, enquanto as asas ainda se debatiam:

"Quem tem pena, não deixa o bicho morrer."

Em seguida, a cabeça era cortada, e eu segurava a bacia, aparando o sangue do molho e tomando conta para não enjoar. Depois, com água fervente e fogo, as penas eram arrancadas, para, da pele nua, ver surgir o avesso da galinha, de onde, com as pontas dos dedos, se arrancavam os miúdos. Operação que eu assistia ao pé da pia, com atenção de legista, na esperança de entender o insondável mistério do ovo, esse objeto de fascínio.

Meu pai devorava os pés como se fosse a última coisa que ia fazer na vida e a tia chupava o pescoço, fazendo barulho estalado com os beiços. Eu procurava o pedaço que em nada me lembrasse da galinha e comia em silêncio compadecido.

Leite das ideias

Vieram prevenir que eu estava dando muita ideia por aí. Eu, que escrevo, deveria de tomar cuidado e não ficar entregando o ouro assim, que alguém podia copiar. Ara, mas se ideia é coisa que está espalhada no ar, é só levantar o braço e pegar, igual pé de goiaba que nasceu na sarjeta. Lembro-me da escola. Sempre acontecia de alguém fazer uma redação meio do jeito da minha, sem nunca um ter trocado uma palavra com o outro sobre aquilo. Eu não me preocupo com isso. Não vou ficar escondendo o leite de ninguém. Eu, que tive tantas amas e trepei em tanto pé de fruta sem dono. Se até as galáxias se copiam. Me remeda! É uma honra.

As formigas e o moleque

—

O moleque quando viu, na pia, o último pedaço de bolo sendo devorado por formigas, tomado de ira, correu e meteu o prato no congelador. Fugiam desnorteadas e em pânico, abruptamente lançadas em um novo e desconhecido mundo de gelo, até que foram ficando lentas e, por fim, congelaram no meio de um movimento: o limpar de antenas, patas para o ar. Sob seu olhar triunfal, constatou o moleque: vencera a guerra e os inimigos, o bolo era seu.

Tirando o prato do congelador, com os dedos, removeu um inseto morto que restara. Observou, por alguns segundos, em sua mão, a criatura congelada. Tempo suficiente para o calor do toque realizar o milagre. A antena se moveu em inesperada ressurreição. Ao seu morno sopro, a formiga terminou de reviver, sentando-se e esfregando as patas.

Uma emoção corou suas bochechas, porque o bicho criou vida pela mão que o odiara e agora estava ali, pacificamente, alisando as antenas, sorvendo mais calor para, depois, sair correndo. E agora, como ia ser a vida do moleque depois que fizera uma formiga voltar da morte?

Rataria

Já vai dando as doze badaladas, ainda não consegui dormir. O sótão infestado de ratos. Tanto barulho! Eles estão dando festa, comemorando. Acham que tomaram tudo, a casa agora é deles. Outrora eram poucos e se esgueiravam nas sombras, hoje sapateiam sobre as nossas cabeças, roubam o queijo e o grão sob o sol claro. Ninguém sabe de onde saíram tantos. Rato dançarino, rato cantador, rato bravateiro. Alguém teria cochilado, esquecido a janela aberta e, quando percebemos, estava a rataria infiltrada pela casa, andando pelo oco das paredes e mijando por cima do nosso pé. Hoje só dormimos quando os ratos deixam. Mas uma coisa esses miseráveis não nos tiram: mesmo dormindo pouco, ou nem dormindo, a gente ainda sonha!

    Coisa que rato não é capaz de fazer.

Sumidouro

O umbigo é um fundo sem fim. Dá para sentir, quando você coloca o dedo lá. É óbvio que, se você fizer muita força, seu dedo não vai atravessar e parar dentro do estômago. Ele irá desaparecer e quem sabe você também.

O umbigo é um buraco negro.

Quando estou triste, na altura do umbigo, sinto a fome infinita.

Se a gente tem vontade de sumir, por onde é que escorremos? Pelo ralo do umbigo.

Já escorri muitas vezes.

Pudim de pavor

—

Caiu um toró com muito raio e trovão. O cachorro, com medo, pediu pra entrar em casa, e eu, com pena, deixei.

Retumbou mais um trovão, o bicho pulou em cima da cama e sumiu embaixo das cobertas. Coisa proibida na casa. Sensibilizado pelo terror do pobrezinho, relevei... Tentando fazer vazar algum recheio de coragem do pudim de pavor no qual se transformou o mesmo cão que, tempinho antes, latia valente para passarinhos, disse da minha altura de dono:

– Quanto medo. É só mais uma chuva como tantas que você já passou!

Despencou outro raio pertinho, pertinho. Brilho forte, trovão, o chão tremeu, os vidros tilintaram nas janelas e a luz apagou. Dei um pulo de susto! Logo em seguida, caiu outro, pior ainda. Por alguns segundos, virei cachorro também.

Préstimos

Em casa de vó, havia uma mesa velha, lavrada em madeira rústica, que eu, em minha moderninha juventude, conservava em desprezo. Mas foi alguém dizer dela, em outras eras, para mais de cem anos, que me despertou súbito interesse e fui falar com ela.

A madeira marcada foi contando sobre celebrações e ajantarados de família, aniversários, o Natal. Bons e maus negócios fechados. Os casamentos que fizera, os mortos que se deitaram sobre ela... Ofereceu os préstimos para meu possível casamento e inevitável velório, como era de praxe, ainda apegada a antigos costumes.

Esses paus velaram meus parentes e, solícitos, esperam minha vez; a mesa já velha, ainda vai durar mais que eu...

As coisas perdurarem mais que as gentes, é uma merecida humilhação para os homens.

Voo desembestado

Tive aquele sonho recorrente outra vez. Calçado com o meu tênis de luzinhas, que ganhei aos dez anos, estou correndo pela cidade, movido por um sentimento de perseguição e medo. Vejo as fachadas de conhecidos prédios passando ligeiras por mim, numa toada crescente; me sinto veloz e capaz de fugir do que me persegue.

Desembesto e, quando dou por mim, desatei voo aberto, me erguendo sobre a rua, temendo me enroscar nos fios da rede elétrica e morrer de choque. Mas logo ultrapasso a altura dos postes e o topo dos prédios, para abrir os braços nos confins do céu, riscando o azul com as cores da minha voadora pessoa.

O medo ficou lá embaixo e sou completamente livre, voando no espaço. É bom. Mas logo tenho saudade de casa e vontade de ter os pés no chão. Só então descubro que não posso mais nada, a não ser voar infinito, sem conseguir parar ou descer, rápido como um avião. Dá pavor imaginar que vou continuar voando, sem parada, até secar, de ficar nos ossos: um esqueleto a jato cruzando o céu. A aflição é tanta que acordo acelerado.

Até poderia procurar explicação para o mistério do sonho repetido, mas prefiro não. Vai que soluciono o caso e nunca mais desato a voar por esse céu. É ruim, mas é bom.

Filas e esperas

Me deram uma vez este conselho, gratuitamente, na fila do pão, na padaria: "Se você está procurando alguém, um amor, primeiro encontre seus animais de estimação: cachorro, gato, coelho, um porquinho. São ótimos para ajudar na escolha de um par, ajudam a detectar pessoas-problema". "Mas eu já tenho um gato, um cachorro, um passarinho…". "Ah, vamos casar então!".

O encanto da tempestade

—

Quando a sombra ainda era nuvem distante, cedi ao fascínio da tempestade. Raios! Trovões! O som, a fúria e a destruição. Vai liquidar os inimigos, lavar este mundo da maldade! Eles, os ímpios, estão com os dias contados, imaginei, pensando ter os intestinos limpos. Dancei feliz, enquanto o vento sacudia meus cabelos.

De paixão, achei que também era Poder! Cada faísca que percorria o céu me fazia vibrar de prazer, pensando: essa é minha obra! Mas não. O furacão, enquanto bradava, veio de súbito e me arrebatou para as sombras! Me sugando para o olho obscuro, vórtice, tripa, onde giro torturado, digerido, humilhado pelo monstro que, ao invés de combater, contemplei, admirei, conjurei... Eu que me acreditava fera fui devorado. Tarde, compreendi que eu não era a tempestade, só mais uma vítima seduzida. Agora escuto lamentos e ranger de dentes. Agora é tarde.

Risco de giz

Um risco de giz macula o céu azul de inverno. É o avião que segue sua rota, apesar de ser tão impossível e tudo conspirar para que caia: ventos, celulares, tempestades, falha mecânica, terroristas, guimba de cigarro, a gravidade...

Tanta gente tem medo de avião e finge que não porque, dizem, não é educado ficar com os temores de fora, na frente dos outros. É bem chato, pois dá um medo danado quando a máquina faz aquele esforço todo para subir, ou para não cair quando vai descer. Dá vontade de segurar na mão da pessoa que está ao lado, mesmo sendo um estranho. Tenho para mim que as regras de segurança deveriam ser mudadas para: "Vamos decolar em poucos minutos! Desliguem os aparelhos eletrônicos, apertem os cintos e deem as mãos." "Vamos pousar em instantes! Afivelem seus cintos e deem as mãos." "É para sua segurança, senhor."

Segundo as estatísticas, é mais fácil alguém sofrer um acidente montado numa bicicleta do que de avião. Ainda assim, quando estou lá no alto, varejando o vasto império das nuvens com seus fofos castelos, cidades e campos sem fim, sinto o desconforto fascinado de um estrangeiro em terras exóticas e hostis. Eu, criatura feita para o rés do chão, com vocação para ser árvore, não sei ficar sentado, sem desconfiança, numa cadeira no céu, comendo bolacha e tomando suco de laranja. Sempre me pergunto fascinado: Como é que não cai?

Avião nem precisa cair para me matar. Basta fazer uma gracinha dessas de turbulência muito brava, para além do frio na barriga, que tenho um passamento e vou para outros céus, vestido de asa prateada turbinada, chegando, de jato, ao Reino da Promessa.

Questionário 103

É o sol que fabrica o tempo? O tempo passa mais ligeiro em Júpiter? E o tempo passa mais devagar sob a água? Poderíamos viver mais em piscinas em Júpiter? O que comia a velha que viveu cento e vinte anos? Por que será que as mulheres vivem mais que os homens? Tudo que está vivo tem que morrer um dia? Só entendemos a morte depois que morremos? Quanto tempo uma coisa viva, mais tempo vive? Se os humanos são tão importantes, por que os papagaios e até as esponjas vivem mais que eles? No guichê da estação do tempo, que bilhete você compraria? Uma viagem ao passado? Ou uma visita ao futuro? Você já tentou ler seu futuro nas linhas da palma da mão? Gostou do que estava escrito? Quem escreveu? Tem gente que é um saco de perguntas? Puxando pela memória, qual é sua lembrança mais antiga? Como seria lembrar da vida de feto? É a gente mesmo quem decide do que lembrar e do que esquecer? O que será mais importante? O que lembramos, ou o que esquecemos? Como faz o desmemoriado para ter passado? Lembra do primeiro dia na escola? É possível lembrar da primeira música que se ouviu?

Qual foi o primeiro livro que você leu? De menino, quem acredita que é possível ficar velho? Você já teve um diário? Como faz para ter letra bonita? Verdade que a letra de uma pessoa diz como ela é? Caligrafia artística é falsidade ideológica? Se tivesse uma borracha divina, que parte da sua vida apagaria? Não apagaria? Foi escrita com tinta? Lambia e esfregava por cima, esfolando o papel? Deixa como está? Podemos escrever a nossa história? Teria graça viver se este mundo fosse feito de respostas?

Cheiro de cipreste

—

Dia de Finados, na entrada do cemitério, sob domo de flores amarelas, aguarda triste o anjo de costume. Alguém na multidão sente falta do aroma de cipreste: "Venho aqui e lembro do cheiro daquelas árvores". A morte para mim tem esse perfume que aperta. Os ciprestes do cemitério morreram e plantaram acácias no lugar. Tudo florido de amarelo... É bonito, mas devia ter ao menos um túmulo em homenagem aos ciprestes: coluna alta, talhada no mármore, imitando tronco solitário e partido, anjo chorando por cima. Merecem os ciprestes, depois de acolher à sua sombra tanta dor. Eu lembro, criança, meu pai pegar um ramo de cipreste e cheirar enquanto caminhava para o túmulo da família. Ia contando histórias dos parentes enterrados, pai, mãe, irmãos, coisas sobre a vida... Agora que o pai está morto, como os ciprestes, o cemitério já não é mais o mesmo. O pai não está lá.

Plantamos árvores

—

Cuspi um caroço de azeitona no chão acarpetado de casa, bem onde o cachorro tem por hábito mijar, apesar dos meus reiterados protestos. Dali uns dias nasceu frondosa oliveira. Hoje eu e o cão molhamos o pão no azeite feito por nós mesmos enquanto assistimos a séries deitados no sofá da sala, à sombra da árvore.

Não gostamos de celular.

Gostamos de solidão e livros.

Plantamos árvores no carpete.

Amarelinho

Lá em casa, fazemos pão de queijo com amarelo. Quando você tira do forno dá pra ver, pelo rachado da casca, o amarelo dentro, brilhando. Realça mais com uma ponta de manteiga.

– É o ovo caipira! – diz minha mãe.

Temos galinhas e frangos soltos no quintal, a pastarem minhocas. Comem o amarelo que lhes damos e depois, quando os temos na panela, para comer com quiabo, deles sai o amarelo--ouro, a boiar em esferas.

Não sabemos como foi que ele chegou: se foi com os girassóis do jardim, ou com as borboletas no verão, ou na tradição da pamonha assada. O que se sabe é que o amamos.

Amarelo plantamos, colhemos, comemos e bebemos; muito justos, sem chamar de laranja. Por isso, ele também é nosso amigo e de nós não rouba o verde, nos pomares. Não estraga as coisas na geladeira e, quando se apresenta, cheira a licor de jenipapo.

Porque o amarelo é nosso amigo, temos fígado sadio. Sem rezar antes, podemos comer e beber muito amarelo, a vida toda. O amarelo é nosso amigo.

Melhor Lua

—

Qual é a lua boa para cortar os cabelos? Minha avó era res-peitadora das fases da lua, mais que das leis. Só podava a roseira, à beira da janela, durante a nova. Uma coisa incrível porque, depois de uns dias, o que era só galhos e espinhos explodia em encarnados buquês de flores perfumadas, aonde iam se lambuzar, no pólen de ouro, as abelhas. Deitado na cama, sentindo o perfume, eu observava o deleite dos insetos.

Naquele tempo, eu não via sentido em quase nada que a vó fazia. Hoje faz sentido completamente, a lua, as rosas e eu querendo ser a velha que minha vó foi: simples, amiga dos astros, das plantas e dos animais. Uma sábia que me observa do retrato na parede e ainda me cuida com o chá das folhagens que deixou em testamento no jardim.

Hoje é lua cheia, vó, e graças a você sabemos o que fazer.

Arrumação

Tive ganas de colocar ordem na casa. Comecei da cozinha, ariando as panelas de alumínio com lã de aço, até virar prata. Deixei secando ao sol, enquanto, armado de vassoura e panos, desatei faxina, espantando o pó das coisas e dos dias. Joguei balde de água, esfregando o chão até fazer barro, extinguindo os encardidos. Onde a madeira é corrida, lustrei com a enceradeira antiga. Organizei os livros e tirei o lixo.

Depois, deitado no chão, espichando as costas, desfrutei da paz limpa um breve sono. Enquanto dormia, a louça foi colocada na pia, uma aranha teceu sua teia no lustre, o pó sorrateiro cobriu a mobília... O Tempo, essa implacável faxineira invertida, não permite impune o mais breve cochilo.

Diagnóstico
—

A criança enxergou no mármore do banheiro o urso de boca aberta, comendo uma baleia. Amava o trincado que surgiu na parede da cozinha e não deixou tapar. Dizia coisas incríveis do país que existia no piso da sala. Gostava de assistir à chuva cair, do começo ao fim, caçando raios para fotografar. Tinha fascínio por árvore pelada, sem folha nem flor; caveira de bicho morto; ninho vazio de passarinho; e cigarra seca. Passava horas, parada, olhando o nada e, quando perguntavam, contava o muito que vira. Por coisa à toa, de ver a vela acesa ou ouvir o apito de chaleira, já ficava pasmada e ausente.

Causou preocupação tanta mania diferente. Apareceu gente tentando explicar a criança e, ao mesmo tempo, já aviando receita disso e daquilo. Mas a poeta que, por coincidência e sorte, passava, observou implacável:

– A criança tem poesia nos olhos. Não se pode, nem carece, fazer nada. A poesia simplesmente é.

Oráculo de plástico

Enorme e lustrosa maçã vermelha repousava sobre a pentea-deira. O sol entrava, repartido em cacos de cor, pelo vidro da janela. O quarto tranquilo tem um suave toque de lavanda e orações. Estou deitado na cama consumido de preguiça.

Ela entrou no quarto caminhando sobre o mundo, como naturalmente fazia, e sentou-se diante da penteadeira a escovar os cabelos.

– Vó, conta do dia em que mamãe nasceu.

– Nasceu nesta casa, nessa cama que você está deitado.

– Não foi no hospital?!

– Naquele tempo era assim que se nascia e morria.

Abriu a maçã e deu um tapinha de talco na cara:

– Bons tempos.

Faraó pequeno

Quando era moleque gostava de brincar com minha máscara de ouro. Feito um príncipe, rei ou faraó do Egito.

Eu vestindo minha máscara de ouro, os olhos e cabelos se cintilavam também, e toda gente dizia que estava bem lindo.

Minha mãe nem ligava de eu brincar com o ouro, diferente da blusinha branca só de passear.

Para usar, era só eu abrir a janela do meu quarto no momento de o sol se pôr. Alguém precisava governar o Egito.

Teste vocacional

—

Adentrou com a cesta no galinheiro, o gigante de oito anos, para recolher o tributo dos ovos. Era seu trabalho, que sempre transcorria sem grande emoção e com alguma culpa. Até o dia em que se deparou com a galinha emitindo estranho e contínuo barulho, porque estava com o ovo virado. Som de angústia e dor, sabia, porque delas já entendia os sinais.

Compadecido, em temeroso nojo, ajudou com delicado dedo o entalado vir ao mundo, que parou para ver a cena do garotinho, sempre de roupa limpa, fazer botar um ovo. E com ele, ainda quente e intacto, em suas mãos, pela primeira vez, teve a ideia de que ia ser médico.

Escrevi seu nome no sereno

Vinha andando pela rua, esquecido de contar os dias, e o inverno me pegou distraído, sem meias nos pés. De um tapa, me rachou os beiços em sangue e sinto o gosto cru, com a ponta da língua.

O inverno por aqui chega sem aviso, tacando granizo, geando na lavoura, matando um pouco do pão de cada dia. O inverno, tirando água do nariz e fumaça da boca, fazendo chá, leite quente com pantufas, sob edredons, enquanto relemos um livro ou assistimos a um filme pela milésima vez.

Meu pai combateu o inverno com fogueiras, sebo de carneiro nas mãos, gemada, manteiga de galinha no café, ritos antigos. A tia, dizendo do frio chique e francês, derreteu um queijo inteiro na panela, chamou de *fondue* e queimou a língua na mistura.

O inverno destas bandas, espelhando sol e lua nas gotas de orvalho, derramando sereno nas madrugadas sobre capôs e para-brisas onde escrevemos os nomes que importam.

Safári no carpete

Marquinhos não pode ir à África ver leões e manadas correndo na savana... Dirigindo o jipe de plástico, fez o safári em casa mesmo. Logo à primeira curva, deu de cara com o dragão albino africano: garras finas, escamas de pérola, comedor de mosquito.

Quis tirar uma foto para impressionar os amigos. Não deu. De medo, o monstro perdeu o rabo e saiu correndo. O menino nem ficou triste com o dragão. Sabia bem como era a sensação de perder o rabo e sair correndo, tímido. Também morria de vergonha de tirar retrato.

Outono

—

Na adolescência meu céu era gótico. Agora, na meia-idade, tudo que era escuro desbotou, alvejado pelo tempo. Em meio aos escombros das minhas catedrais e meus castelos, viceja o mato sob a luz do outono.

Estou assoprando dentes-de-leão.

No reino das laranjeiras

—

De moleque, no verão, em quintal de vó, aos pés das laran-jeiras, prosperava um reino encantado e minúsculo. Milhares de casas enfileiradas formando estreitas e tortuosas ruas sobre colinas de terra vermelha e úmida.

Telhados cônicos, brancos e acinzentados, às vezes sarapintados, vermelhinhos, apontavam para o céu... Eu, pequeno gigante, que vontade tinha de roubar uma linda casinha e brincar de imaginar: o lar meu em que pudesse habitar, indo para aonde quiser. Um chalé, no vale das couves prateadas de sereno, em férias de inverno, tranquilo, esquecido das coisas da escola e outras angústias da vida.

Mas era proibido tocar! Cogumelo tem veneno: cobreiro, mijo de sapo, pelo de aranha. Cá pra mim, não acredito! Quem espalhou esse mito nos cogumelos, mora bem.

Piolho-de-cobra

—

Quando chove muitos dias seguidos, sempre aparecem. O que procuram? Um mistério que jamais saberemos... Aquele que vi, essa madrugada, caminhava pela pia do banheiro, quiçá buscava um resto de pasta para escovar os dentes.

Há quem chame de centopeia, por motivos óbvios, os incontáveis pés em jeito de dedos, mas aqui, nesta casa, atendem pelo nome infame e vulgo de piolho-de-cobra. Não são amados, nem tão odiados, a ponto de serem perseguidos por chinelos como as baratas. São chutados de lado, vagam no limbo da indiferença... Até serem pisados por um pé distraído e morrerem num estralo alto e seco, dando susto de coisa que só desperta sentimento e lembrança na hora em que morre. Como se vê em muito velório.

O céu na boca
—

Se é mesmo verdade que todos nós temos um céu na boca, por que tanta blasfêmia?

De tantas bocas um céu, chovem os perdigotos diabólicos, formando o caldo do inferno que nos cozinha dia após dia. Vade retro!

Beijo na testa

—

Vó, às vezes, parecia maga, com a boca cheia de reza espan-tando mau-olhado com ramo de alecrim. Sandálias, dedões com a ponta de fora, vestido de flor. Pondo lenha na fogueira, fogo e fumaça, crescendo o inferno sob o tacho de cobre, fazendo compota de mundo.

Ainda tempo das anáguas, ombreiras e máquina de costura de pedal, a indústria têxtil incansável, pedalava calças, vestidos e camisas, vestindo quem via pela frente:

– Onde foi que você comprou esse vestido?

– Foi minha vó que fez – enchia a boca de orgulho respondendo, certa de que no mundo inteiro pouca gente gozava de um vestido feito por mão benta de vó.

Lavadeira, dedos grossos, desfazendo a trouxa suja das mazelas com perfume de alfazema, purificando os brancos de anil, cheia de netos correndo entre os panos voejando contra o sol, o céu, as nuvens:

– Cuida, olha a roupa no varal, menino!

Torre de orações, mais perto, tão mais perto dos céus, do Reino. Deus sempre escutou melhor, Vó. Em caso de proteção ou doença, curando peste a poder de reduções, chás de ervas, paus, mel, fervendo leite, ovo, canela, e o seu beijo na testa. Pronto, já estava são.

Desejo de ser velho

De criança, meu sonho era ficar velho ligeiro. Bem velhinho: porque achava tão bonita a velhice. Hora do banho, fazia crescer respeitável barba de espuma, permanecendo debaixo da água até ter as mãos enrugadas.

Imaginava os dias em que ia caminhar devagar sobre o mundo, apoiado num cajado, sabendo dizer de cor o nome de pássaros e anjos, apenas de ouvir seu cantar. Corcunda, de tanto trabalhar no jardim, plantando muitas árvores e pés de fruta: laranja-baía, carambola, conde, mexerica... A cara vincada, queimada do sol, lábio rachado, cheio de história para contar.

Saudoso do passado, falando das aventuras que vivi e inventei, sem saber a diferença, enquanto balançava na cadeira, futucando o calo no dedo do pé, rindo e dizendo como o Brasil ganhou ou perdeu a Copa. Linguarudo e abusado, pendurado de netos, sendo o avô que nunca tive.

Céu estrelado

—

Andei, andei até chegar aqui, nesta tarde, neste dia, nesta linha, palavra, para quê? Se de noite, olhando para as estrelas, a grandeza do Universo, em seu esparrame sem fim de estrelas, concluo: coisa mais boba a vida da gente. O que queres de mim afinal, Deus? Ainda tenho de escutar esse povo que encontra o "sentido da vida" no futebol ou na vida alheia reclamando que eu sou sensível demais.

É por essas e outras que eu choro e como toretes de goiabada com queijo. Há muito pouco que me console neste mundo. "Isso aí é problema nos nervos", acusam uns que passam displicentes pelo Universo. Qual lei minha sensibilidade transgride? Pode ser a hora de eu ir preso, trancafiado numa solitária... Tudo isso é para que eu escreva? Diacho.

Crônica do cachorrinho morto

—

Muitas das vezes que eu abracei meu cachorrinho, fiz uma oração para ele viver mais. Pensava na saudade que haveria de sentir daqueles olhinhos vívidos e remelentos, de colar sua barriga morna sobre a minha, em dias frios... Desejava tanto o impossível: que meu amigo Pirata jamais fosse embora, ficando comigo a vida inteira, balançando o incondicional rabo, alegrando meus dias sempre, dando lambidas de consolo, enquanto eu chorava escondido.

Não teve jeito, o bichinho do nosso amor vive infinitamente menos que nós. Certo dia, na volta da escola, Pirata não veio ligeiro até mim, aos pulos e latidinhos, sorrindo. Estava estendido no terreiro, vitimado por um escorpião, morte súbita, sem direito a despedidas.

Ter um animal de estimação faz compreender muitas coisas sobre a vida: uma delas é a morte. Passado o luto e a tristeza, o Pirata é uma presença e me acompanha, abanando o rabo nas memórias da infância. Goza do céu dos cachorros, sei e creio. Mas, além de mim e da minha fé, até um ateu que lê essas palavras dá vida ao Pirata por um breve instante. Vive Pirata!

O poleiro

—

Minha casa é infestada de pássaros. Bandos de pombas arru-lhando e revirando o lixo, bem-te-vis atrevidos banhando-se n'água do cachorro. Sabiás e coleiras cantando em inadvertidas horas, maritacas e algazarras.

Minha casa é infestada de pássaros. Suja de penas e plumas, paredes e carro manchados por cáusticas obras. Barulhenta, quando se põe e amanhece o dia.

Minha casa infestada de pássaros, não troco pelo mármore monótono e inodoro das mansões e palácios. Como minha casa é, eu a amo!

Meus dias de filme

Naqueles dias em que me sinto um animal atolado no prato de arroz e feijão que o tédio consome, encontro salvação nos fones de ouvido, abastecidos com trilhas de filmes que amo de paixão: romance, aventuras, drama.

Coloco nas orelhas os abafadores e saio para as ruas mudas de sua realidade. Minha vida ganha incríveis efeitos sonoros e me torno o herói da cena repleta de expectativa e emoção de que algo extraordinário está prestes a acontecer: como ser o próximo da fila liquidando boletos no caixa do banco.

Pão com manteiga

—

Hoje, na padaria, às horas do pão quente, nossos olhares se cruzaram por acaso, na fila. Subitamente, foi-nos dada a certeza de tudo. Mas, no instante seguinte, duvidamos, pecando, caindo num imenso vazio. Por isso, ficamos sem saber o que fazer com as mãos, já que não sabíamos de mais nada, depois de saber tudo, por um ínfimo instante.

Cada qual foi para seu lado comer pão quente com manteiga derretendo, coisa sobre a qual não pairam dúvidas.

Lua da minha rua

—

Em certas épocas do ano, a lua cheia nasce alinhada com a rua onde moro. Me dou importância por isso, mesmo sabendo que os corpos celestes têm ciência da existência de cada um e a todos se exibem sem questão. Mas parece tanto que a lua me fala na concha dos ouvidos, amiga só minha, de mais ninguém, com o enorme disco de ouro se erguendo solene diante de minha janela. Temos longas conversas.

Isso aconteceu inúmeras vezes. Moro neste lugar desde que nasci, mas sempre que ela aparece atravessando a rua, soberana, sofro encanto e compreendo aqueles que construíram pirâmides e templos em sua homenagem e também aos poetas... Pois é justamente o que tenho vontade de fazer: templos e poemas. Mesmo correndo, envolvidos na roda-viva, no meio do turbilhão, em hipnótica pausa, apontamos o dedo anunciando:

– Veja a lua!

O arco bronzeado erigido no horizonte, monumento à insignificância humana, a lembrar que sobre nós pesa o mistério insondável do Universo sem começo nem fim, no qual giramos, perdidos e carentes de luas para seguir.

Ao teto do meu quarto

Quando me deito na cama e olho para o teto do meu quarto, não sei por que, contemplo um vasto mundo de sentimento. Se isso te acontece, não estás só.

Em geral, o fenômeno ocorre nos locais em que eu me deito com o umbigo voltado para cima, pode ser: gramado, areia de praia, banco de praça; mas, em especial, o teto do meu quarto – uma laje ordinária, pintada de branco-neve – tem muito a dizer.

Sou capaz de ficar horas, olhar parado, perdido em pensamentos sobre essa minha vidinha e, a cada dia, vou tentando achar explicação nas árvores, no céu, embaixo dos tapetes, dentro de vasos e no teto, sobre a minha cama. Às vezes encontro, às vezes não.

Pataria

—

Vivemos a era do pato, o signo do pato, sua influência e poder a governar astuciados destinos. Qual teu signo? Responderás: sou Escorpião, com ascendente em pato, ou pato sobre pato, de não sobrar pato com pena no reino dos patos depenados.

Aquele pato que iludidos grã-finos degustam em mesas postas de patifarias e combinados. O pato, pato aqui, pato acolá. Do pato servido na bandeja, degolado, todos hão de provar e sentir que gosto tem a própria carne de pato. Pensem o que pensar, a favor ou contra, cumprindo exigência da população, na falta de pata, o pato macho veio, botou um ovo e morreu, como bem prova a imagem no celular. Que importa como foi? Agora temos essa gema tripla e clara verde. Quem primeiro comeu da omelete morreu, antes ele do que eu.

Pato de borracha, te afogamos na banheira, em inocente e infantil brincadeira, sem saber da vingança que urdia contra nós, a pataria, em reuniões escondidas, na cidade de Penápolis. O pato por gato e lebre que levamos a cada dia. Os patos adorados nos templos, fingindo reluz, mas são prata, da prata o bronze, e o bronze, na verdade, o latão ordinário que, por ouro, tomamos e veneramos. Os patos inflados de certezas e dúvidas sobre nós, o pato da cabeça pequena e memória curta. No jogo, parece, a primeira é dos patos. Truco! Desconhecem os patos os jogadores?

Muitas coisas quis dizer o pato, discursando, empoleirado no coreto. Lançou-se candidato a síndico, mas voz nunca, nenhuma, é maior que seu nome, e nada pode o pato para além de ser pato, essa mítica ave para a qual, nesta terra, já se nasce devendo.

Xenofobia

—

Você que se sente estrangeiro em sua Terra, saiba: o galho de uma árvore transgride, indiferente, as fronteiras, essa invenção humana que dividiu o mundo em minúsculos pedaços que nem mesmo um inseto respeita.

Você é dessa estirpe? Quando venta no seu rosto, sente a unidade livre do globo em suas veias? Desenha pássaros nos cadernos? Tem desejos de lugares longínquos, desertos? É o mundo que chama para que o conheça por inteiro.

Verão, verão

Ventai, ventai. Empinávamos pipas e fugimos com medo. Cento e trinta e duas pessoas morrem anualmente atingidas por raio, ainda faltam duas. Brincamos de apanhar granizo com a língua, mordendo gelo poluído.

Ventai, ventai. Escorregamos na enxurrada barrenta, boca fechada com medo de engolir a água e apanhar doença. As roupas no varal, dançando loucas, corre para apanhar, antes que a água caia.

Ventai, ventai. Espelho atrai raio, sandália de borracha afasta. Chove. Tristes bafejamos na janela e desenhamos o coração vazio.

Ideia para escriba

—

Minha vida dava um livro. Quando, na escola, vesti maiô pela primeira vez e nadei na piscina de ladrilhos, apesar da vergonha do mundo me ver de touca de borracha. Esse sentimento molhado é coisa de livro. Depois, quando capotei de bicicleta na descida do morro, quase morri, e não contei a ninguém, escondendo os joelhos na carne viva. Afoguei na praia e quase morri outra vez. Vindo o salva-vidas me socorrer, parecia cinema, e isso também ninguém sabe, porque tenho vergonha de ser tão atrapalhado, mas num livro a gente revela todos os segredos. Por isso, as pessoas têm vontade de escrever, para desabafar do dia que os olhos se cruzaram, acharam beleza; mas não beleza suficiente ou, quem sabe, beleza não bastasse, foi só uma ligeira troca de olhares. Que pena...

Poderia alguém escrever que ainda criança eu vi um carro pegar fogo bem no meio da rua, e danei a fazer xixi na cama, por meses seguidos, pois é isso que acontece com os adoradores do fogo. Num Dia da Árvore, fui, com a escola, ao parque, e cada aluno plantou uma mudinha, mas só a minha vingou e, hoje, tem o tamanho de um edifício. Me enche de orgulho ser o pai de uma árvore. Ser a mão que plantou uma criatura maior e mais nobre que eu.

Escreve, escreve! Minha vida dá um livro! Pode dizer que tomei susto no primeiro beijo, depois tive vergonha imensa, curada no segundo beijo. Não vou fazer segredo de nada. Conta, no seu livro, das minhas glórias: campeão de queimada e apanhador de caju que ninguém mais alcança, muito bom encontrador de coisa perdida que não se está procurando mais. Conta também que já fui até guerreiro, príncipe, escudeiro e arquiteto do faraó. Minha vida dava um livro.

As Águas

Donde eu vivo há uma estação que os antigos nomearam: Águas.

Não é como nos livros e lindos postais, as quatro estações que se veem por este mundo que não sei onde.

Os tempos aqui são outros e antecedem as Águas, inominada estação incendiada, queimando tudo em seu caminho: mato, bicho, gente, deixando o chão coberto de gordura, cinzas, ossos.

Quando o sol brilha, coroado pelo halo de fumaça, as gentes saudosas das Águas sonham com elas e, escutando as cigarras cantando alto, dizem com esperança:

– Daqui a pouco, Águas.

Meses sem ver gota, quem bota a cara fora de casa, pergunta, diante do totem colorido dum ipê-roxo, rosa, amarelo, branco: Será que chove? Chove nada! E cuida de não levar o guarda-chuva, mesmo que pesada nuvem acene no horizonte. É para não afugentar as Águas que, tímidas, ensaiam voltar.

A estiagem, já tão espichada, seca as torneiras e acumula nos cestos e pias o caos dos lares, que, dia a dia, debelamos a poder de água. Lamentamos tanto a queda do tempo farto e em nós ecoa a sede profética dos ancestrais:

– Minha avó bem que avisou!

Do meio do calor insuportável, um arauto apocalíptico anuncia:

– Sinal dos tempos!

Sua fala, contudo, é interrompida por um trovão. Por mais que tarde, ela ainda vem. O cheiro de terra molhada inebria aqueles que, minutos antes, estavam próximos do fim.

Chega a estação, derramando seu nome a cântaros. Chove dias, chove semanas, longos meses e, por fim, estamos a lamentar por essas Águas infindáveis que atrapalham o trânsito e a tudo encharcam, molham e mofam. Maldizemos, para apenas lembrar o nosso amor pelas Águas, quando, outra vez, o pó em nossa boca ingrata.

Os funerais da borboleta

Hoje eu encontrei uma borboleta afogada na água da bacia que deixamos de bebedouro de pássaros. Boiando fria, asas abertas, de bruços, um enfeite belo e morto, fazendo contraste com o fundo prateado de alumínio. Estava tão bonito e solene quanto o funeral de um papa.

Parece que era a mesma borboleta branca de contornos escuros que vi ontem, dançando ao sol, no quintal, junto das abelhas, ocupada, cheia do que fazer. Parece...

Agora jaz na bacia, sem pressa de nada. Morreu jovem? Quanto tempo vive uma borboleta? Morreu em vão? O que fez para morrer? Nada fez?

Na água também flutuam pétalas, penas, folhas. Quem lhe rendeu essas homenagens? Quem chora por essa borboleta além d'eu?

O sal na poesia

Num dia nublado, pós-chuva, de luz opaca, como se um trapo molhado e velho tivesse caído sobre a Terra a quarar, uma trupe de lesmas quis desfrutar do vapor e deixaram seus caracóis, saindo moles e expostas pelo jardim. Escândalo: arrastavam os corpos pelo chão, escrevendo, em letra cursiva, poesia com a gosma prateada que transpiram.

Uma turba que cruzou esse caminho não se conformou vendo lesmas em tamanho regozijo; então, gritou, com nojo e condenando:

– Taca sal nessa imundície!

As lesmas no sal arderam por estarem rastejando felizes. Só o poema ficou brilhando no chão. O poema não pode morrer.

Viagem de ventilador

—

Deitado no sofá, ao som constante do ventilador de ferro antigo, que de muitas gerações tirou os calores, durmo o sono da digestão, sonhando que estou a passear de helicóptero sobre a cidade, igualzinho a esses que se via em filmes, quando ainda do remoto tempo da televisão.

Ele vai voando sobre a cidade, varejando ruas donde crianças riscam, com tocos de tijolo, o céu e o inferno, nos paralelepípedos das ruas, inventando brincadeiras, jogando bola, sem medo; protegidas apenas pelas sombras das amendoeiras nas quais dormem morcegos que, à noite, comem fruto e, depois, ventre cheio, esvaziam suas roxas tintas nas paredes das casas.

Adentro a janela duma cozinha e já não sei se sou helicóptero, mosca-varejeira ou besouro. Sigo atraído por fumaça de cozido. Tomo muito cuidado com os picumãs e teias. Pelos paus e telhas escuros, logo vejo que é cozinha com fogão de lenha. Tem chão vermelhão e fogão do mesmo jeito. Nas bocas, ardem panelas de muitas eras: das de pedra até de alumínio.

De banda, um desprestigiado fogão a gás espia o fogo ancestral em serviço: fazendo broa de milho, cozinhando feijão, defumando linguiça e também mantendo o café aquecido.

Saio por uma porta e sou abelha, tenho convicção, voando num quintal grande, cheio de pés de frutas: laranja, jenipapo, mamão, caju e manga. Chão de terra batida entre as árvores. Alguém canta suave, enquanto esfrega as roupas em um tanque de cimento áspero.

Voejo, escolhendo em que flor pousar, até que diviso um canteiro de margaridas, de miolo cor de sol, pintadas do mesmo amarelo dos heliportos. Ali pouso, acreditando que vou aprender o segredo de como é tirar da flor o mel, mas sou outra vez helicóptero, aterrissando no sofá, aos cutucões, tornando aos dias sem quintais:

– Já é hora! Tem de ir trabalhar.

Taturana

No caminho para a venda do Gusmão, havia uma árvore que, certa época do ano, se enchia de taturanas, tão bela e perigosa feito um vulcão. Taturana, para você que não sabe, é uma lagarta coberta de felpuda camada de pelos brancos. Queima! Uma lagarta de fogo.

Era uma árvore especial, porque esse tipo de criatura, em geral, dá flor, fruto; mas essa dava taturanas! Tantas, tantas que, olhando de longe, o bocó dizia que estava frondosa e florida. Só via que não quando passava por debaixo e saía queimado por um bicho despencado do galho ou por relar nelas.

Eu passei de bocó a esperto, ligeiro, depois de uma taturana rolar para dentro da gola da minha camisa. Doeu, mas eu continuei encantado mesmo assim, admirando de longe e tomando de conta para não passar por baixo.

Quando eu via a árvore tomada de pelo branco, suspirava e sabia que o ano já ia pela metade: sempre fiz calendário de árvores.

Morreu cortada a machado, porque sujava as ruas com suas folhas e amava taturanas. Não há como aceitarem isso.

Aconchegado
—

O sofá do meu costume e aconchego sob a janela com um pedaço de céu e nuvens rosadas. Agradeço. Lugarzinho predileto do meu esqueleto, onde ele encontra algum conforto, sente menos os ossos no seu duro e frieza.

No meu cantinho, depois de mais um dia inteiro vivido, jogado entre almofadas, tento em nada pensar, além de contemplar as nuvens desse meu pedacinho de céu.

Digo que, por lei, cada um deveria ter direito a cantinho seu, útero, vista para o céu, nuvem e estrela. Rede, almofada, tapete, sofá, poltrona, tatame... Um esconderijo para deixar o mundo cão girando, girando, até que se acabe sozinho.

Medicina alternativa

—

Hoje é um dia tão, tão triste. Mesmo assim eu venho aqui, escrevo um pouquinho, escrever é um santo remédio. Não cura tristeza, mas trata.

Água do pote

Antes do império do plástico, a água, em casa, tinha morada no pote de barro. Colhida nos baldes de latão, direto da fonte, no brejo, nascendo em borbulhas, um fio do chão, em meio às pedras, cercada de capim, folhagem taluda, raízes profundas.

Fria, cristalina, com gosto de terra e cheiro de musgo, a água vinha do olho direto para o pote, onde gostava de regelar, matando a sede dos matutos, mãos peludas, calejadas da enxada, em trabalho suado de roças e quintais...

A vida fresquinha de barro, de louças, metais esmaltados, transcorrendo nas casas de pau a pique, paredes de taipa, adobe, pedra, por cima a telha-vã.

Nos dias de hoje, a água ao plástico pertence, por ele se transporta, e nele se contém. Bojudo, seco, vazio, esquecido, o pote, fazendo cara de vaso, espera o futuro e destino seu.

Máquina de tirar retrato

—

Quero comprar no garimpo máquina especial e fora de linha. Dessas de tirar retrato e revelar fotografia ao apertar o botão, coisas das antigas, mesmo, ficar com a foto na mão.

Vou sair imprimindo mundinho meu, de sentimento e amores bobos. Guardarei na gaveta mais importante, chaveada, junto com o passaporte, os documentos, escrituras e contratos; ali também vão estar os retratos, coisa mais séria! Meus amigos, amores, sorrisos, beijos, flores, cão, gato, árvores, pássaros...

Anos depois, já velho, moribundo, ao abrir a gaveta pensando inventários estará registrado o legado de um bobo feliz.

Idiotas

—

De onde surgem e vêm as hostes dos idiotas? Alimentando-se de difuso e irracional pão. Assado em forno de ferro, nas chamas de livros queimados.

Quem esqueceu a porta aberta? Como não vimos passar o primeiro, com a bandeira enfiada em pau podre? De início, rimos... Mas as hostes dos idiotas tomaram o topo do morro! Comemoram bradando: Idiotas! Idiotas!

Mobiliário

—

Penteadeira é um desses móveis em desuso. As casas vão encolhendo e expurgando a mobília. No quarto de vó havia penteadeira, cômoda, guarda-roupa, cabideiro, cama e mesinha de cabeceira. Quarto de hoje mal cabe cama, um armário... Vó nunca foi rica, era professora, bem simples, mas teve casa grande, cheia de filhos e mobília, e retratos, e cortinas, e compoteiras, e abajures, e espremedor de laranja, e cadeira de balanço, coisas que foi juntando a vida inteira.

Fico lembrando daquela penteadeira: espelho enorme, banqueta de veludo encarnado, uma coleção de anjos e santos por cima, a vela ardendo em constante oração, terços pendurados no espelho, penteadeira à guisa de oratório. Gostava de sentar e ficar fazendo caretas, vendo minha cara no espelho, à luz da vela. Já fiz muita oração na penteadeira: para tirar nota boa na prova, para achar o cachorro que sumiu, pelos amores e suas dores. Deus escuta melhor quem reza de uma penteadeira, porque em vez de se pentear está rezando, abnegação.

A coleção de vidros de perfume se enfileirava em garrafas grandes, banho de cheiro; depois, aproveitava o vidro para colocar licor de jabuticaba e jenipapo.

Talco em caixas e latas lindas. As pessoas ainda usam talco, desses que vêm com almofadinha para você se estapear de pó e aroma ao redor do pescoço?

Rádio-relógio apontado para a cama, porta-retratos, em jeito de arvorezinha, com as fotos dos netos penduradas, ainda bebezinhos.

Um postal do filho que se cria para o mundo.

Hoje a penteadeira já não existe mais, não posso me sentar em seu banquinho e ver minha face refletida no espelho. Mas também ela já não é um móvel, é um lugar na memória: templo, loja de perfumes, torre do relógio.

Tantos lugares para revisitar nesse país que foi a casa de vó.

Cara na janela

Casa assombrada, amaldiçoada, cabeça de burro enterrada no seu chão, quem te fez? Porque te abandonou entregue à própria sorte, aos animais: gato, rato, morcego, aranha, urubus. Das paredes descascadas, as camadas de tempo, as tintas e as cores do passado anos e anos depois surgem, o que viram e podem contar? O que dirão de nós as paredes e as cores do nosso tempo? Alguém há de se lembrar? Se desta casa tão enorme e imponente só restou mesmo os tijolos empilhados. A memória, que é carne, perdeu-se.

Capim e planta daninha crescendo por seus rachados, lançando raízes pelo ar. Uma arvorezinha nasceu na cumeeira e vai estuporando por dentro as paredes, levando água, podridão, mofo, bolor. Ainda assim, resiste, e o navio fantasma prossegue centenário navegando pelos séculos.

Nas casas, no tempo em que ainda se usava rei, não sei por que se enfileiravam muitas janelas grandes, uma ao lado da outra. Carminha, passando de frente na volta da padaria, mastigando um pão de queijo, quase que morre engasgada de susto.

Jura de pé junto, viu uma cara na vidraça. Homem de barbicha e óculos pincenê, feito a fuça do Machado de Assis. Saiu em disparada, catando cavaco, deixando um rastro de medo e pão de queijo rolando.

Assombração só aparece para pessoa errada. Eu, que sou feito inteiro de perguntas e um tico de coragem, não vejo fantasma.

Tudo mato

Seu Nonô na beira dos noventa anos ainda atendia na venda, moía café na hora e ia contando: "Aqui era tudo mato". Até onde se perdia de vista, tudo pasto e bosque, ele apontava o dedo velho, feito um galho seco, e eu via crescerem árvores naquela direção, subindo o morro, do outro lado da rua.

Havia um campo de capim-gordura, bem ali onde estão aqueles prédios, era um brejo, uma barrela de atolar até bicho de pena. Como não afunda? Nem tinha calçamento quando eu cheguei, tudo terra batida, um poeirão, mas nas primeiras águas enchia de margaridinhas e borboletas. No final da rua, uma árvore enorme, o pessoal amansava cavalo lá. Amansava cavalo aqui na rua, acredita? O finado Tonhão da Zabelita tomou um coice no meio da cara, e ficou com o nariz afundado pelo resto da vida; se fosse hoje, dava conserto.

Notas sobre o amor

Na busca incessante pelo pacto que há de vir. Sentados na sarjeta, com o peso sobre os ombros empurrando o pescoço para baixo, essa coisa se impondo corrosiva, o dedo pendido, esperando angustiado pelo anel... Passa caminhando ereta uma pessoa incólume. Quem não sofre de amor veio todo preenchido do vazio?

Assim acha que é todo, completo, até que encontre pelo caminho alguém que com o vazio lhe preencha?

Mesmo estando sozinho aqui em Paris, não consegui esque-cer de você. Vou desmontar parafuso por parafuso essa centenária torre de metal velho. Depois vou soldar com maçarico na porta da sua casa. Um monumento ao nosso amor enferrujado, mas que permanece de pé e bonito nos retratos.

Hoje, pensando bem, acho, nos apaixonamos foi naquele dia de piscina durante a colônia de férias. O céu estava azul profundo, fazia sol e muito calor, pulamos na água de mãos dadas, mergulhando bem fundo. Nem percebemos que isso era paixão.

A paixão aparece nos momentos tolos.

Quando revelou a estranha mania de fazer desenhos com espuma no vidro do boxe do banheiro, senti meu coração acelerar. Dissimulei que era informação trivial, e nem deixei transparecer que secava no vidro do boxe do meu banheiro o alegre rosto de sabão, pintado tempinho antes daquele encontro.

Como subir em uma árvore
—

Ainda lembro a primeira vez que tive coragem e subi com meu pai em uma árvore para apanhar fruta. Quando enfiei a cabeça por debaixo da copa, vi o avesso do domo verde: um castelo de galhos. Subi a escadaria de paus e musgo, tremendo, com medo de cair ou escorregar; mas, sob o encanto de conhecer aquele organismo, avancei até o telhado de folhas. Atravessei por ele meu corpo pequeno de garoto, colocando-o de assento na poltrona dos pássaros, um dos topos do mundo: a copa de uma árvore. De lá, com olhos de vegetal, vi o mundo, sempre tão grande e hostil, encolhendo à medida que eu assumia tamanho de árvore.

A casa mais antiga do bairro

—

Neste momento a casa é demolida. Atravessou cem anos para morrer no dia de hoje. Pelo menos espiou de suas janelas mais um ano-novo, luzes, fogos, gente cantando o novo tempo, esperança... Descaiu, derrotada, primeiro de janeiro, a data-emblema.

Tinha assoalho, porãozinho, flores pendendo dos muros de pedra. Quem assentou o primeiro tijolo será imaginou: "Este tijolo de barro assado vai percorrer um século em sua fragilidade, fingindo ser granito de pirâmide".

Muito triste ver casa que até da morte dá guarida em velório e ritual, pranto, a casa tanto abrigo e memória, a casa sempre, a vida toda ali, vejam é morta e pó. Uma casa também morre, que desalento a poeira na rua.

sobre o autor

Ramon Magela

Eu me chamo Tiago de Melo Andrade. Há exatamente 20 anos escrevo livros, por assim dizer, pois "escrever", no sentido de contar uma história, isso faço antes mesmo de ter frequentado a escola, desenhando historinhas com lápis e borracha no meu caderninho. Então, isso de ter o olhar afetado pela imaginação é uma sensação que trago comigo desde sempre, a recordação mais antiga, e a que faz me sentir melhor.

Às vezes, espiar o mundo por esse buraco da subjetividade nos faz sentir tão sozinhos e incompreendidos! Afinal, a vida pode ser muito dura. Por outro lado, partilhar esse olhar mostra que não estamos sozinhos e que, apesar da brutalidade da rocha – ora vejam, bem ali no trincado –, brotou uma flor.

Como subir em árvores é um convite para espiar pelo furo dessa camada áspera que cobre o mundo, redescobrir o olhar do sentimento e da imaginação, e experimentar a liberdade que a arte oferece.

Este livro foi composto com as famílias tipográficas
Register e Futura para a Editora do Brasil em 2020.